W0312021

LES CONTES DU CHAT PERCHÉ

Un jour de l'année dernière, passant sous un pommier fleuri, j'ai vu un gros chat perché sur la plus basse branche. Il miaulait si tristement que je me suis arrêté pour lui demander où il avait mal.

– Eh bien voilà, m'a dit le gros chat. Tout à l'heure, je me suis endormi sur ma branche, et je ne sais comment la chose a pu se faire, mais quand je me suis éveillé, j'avais la moustache prise entre l'arbre et l'écorce. Elle y est encore, et je n'ose même pas bouger la tête, parce que ça fait mal et que ma moustache risquerait d'être arrachée.

Je n'avais qu'à me dresser sur la pointe des pieds et à soulever un peu l'écorce pour le délivrer. C'est ce que j'ai fait aussitôt. Le gros chat, qui était très fier de sa belle moustache, paraissait bien content. Il m'a dit en ronronnant :

– Tu as été bon, et il faut que je te récompense. Justement, tu as l'air de chercher quelque chose.

– C'est vrai, chat. Mais ce que je cherche, tu ne peux pas me le donner.

– Peut-être…

– Je cherche une histoire qui amuse les enfants, mais je n'en trouve pas.

Alors, le chat s'est dressé sur ses quatre pattes, il a fait le gros dos avec un air important, et il a ri dans sa moustache.

– Une histoire ? Mais moi, j'en connais, des histoires ! Écoute…

Maquette : Christine Régnier

© M-H et J.S, pour les documents du 1er rabat de couverture

ISBN : 2-07053891-5
© Éditions Gallimard, 1939, pour le texte,
© Éditions Gallimard, 1985, pour les illustrations
© Éditions Gallimard Jeunesse, 2002, pour la présente édition
Loi n° 49-956 du 16 juillet 1949 sur les publications destinées à la jeunesse
N° d'édition : 10185
Premier dépôt légal : mai 1990
Dépôt légal : mars 2002
Imprimé en Italie par Editoriale Lloyd

Marcel Aymé

La patte du chat

Un conte du chat perché
illustré par Roland et Claudine Sabatier

GALLIMARD JEUNESSE

Le soir, comme ils rentraient des champs, les parents trouvent le chat sur la margelle du puits où il était occupé à faire sa toilette.

– Allons, dirent-ils, voilà le chat qui passe sa patte par-dessus son oreille. Il va encore pleuvoir demain.

En effet, le lendemain, la pluie tomba toute la journée. Il ne fallait pas penser à aller aux champs. Fâchés de ne pouvoir

mettre le nez dehors, les parents étaient de mauvaise humeur et peu patients avec leur deux filles. Delphine, l'aînée, et Marinette, la plus blonde, jouaient dans la cuisine à pigeon vole, aux osselets, au pendu, à la poupée et à loup-y-es-tu.

– Toujours jouer, grommelaient les parents, toujours s'amuser. Des grandes filles comme ça. Vous verrez que quand elles auront dix ans, elles joueront encore. Au lieu de s'occuper à un ouvrage de couture ou d'écrire à leur oncle Alfred. Ce serait pourtant bien plus utile.

Quand ils en avaient fini avec les petites, les parents s'en prenaient au chat qui, assis sur la fenêtre, regardait pleuvoir.

– C'est comme celui-là. Il n'en fait pas lourd non plus dans une journée. Il ne manque pourtant pas de souris qui trottent de la cave au grenier. Mais Monsieur aime mieux se laisser nourrir à ne rien faire. C'est moins fatigant.

– Vous trouvez toujours à redire à tout, répondait le chat. La journée est faite pour dormir et pour se distraire. La nuit, quand je galope à travers le grenier, vous n'êtes pas

derrière moi pour me faire des compliments.

– C'est bon. Tu as toujours raison, quoi.

Vers la fin de l'après-midi, la pluie continuait à tomber et, pendant que les parents étaient occupés à l'écurie, les petites se mirent à jouer autour de la table.

– Vous ne devriez pas jouer à ça, dit le chat. Ce qui va arriver, c'est que vous allez encore casser quelque chose. Et les parents vont crier.

– Si on t'écoutait, répondit Delphine, on ne jouerait jamais à rien.

– C'est vrai, approuva Marinette. Avec Alphonse (c'était le nom qu'elles avaient donné au chat), il faudrait passer son temps à dormir.

Alphonse n'insista pas et les petites se remirent à courir. Au milieu de la table, il y avait un plat en faïence qui était dans la maison depuis cent ans et auquel les parents tenaient beaucoup.

En courant, Delphine et Marinette empoignèrent un pied de table, qu'elles soulevèrent sans y penser. Le plat en faïence glissa doucement et tomba sur le carrelage où il fit plusieurs morceaux. Le chat, toujours assis sur la fenêtre, ne tourna même pas la tête. Les petites ne pensaient plus à courir et avaient très chaud aux oreilles.

– Alphonse, il y a le plat en faïence qui vient de se casser. Qu'est-ce qu'on va faire ?

– Ramassez les débris et allez les jeter dans un fossé. Les parents ne s'apercevront peut-être de rien. Mais non, il est trop tard. Les voilà qui rentrent.

En voyant les morceaux du plat en faïence, les parents furent si en colère qu'ils se mirent à sauter comme des puces au travers de la cuisine.

– Malheureuses ! criaient-ils, un plat qui était dans la famille depuis cent ans ! Et vous l'avez mis en morceaux ! Vous n'en ferez jamais d'autres, deux monstres que vous êtes. Mais vous serez punies. Défense de jouer et au pain sec !

Jugeant la punition trop douce, les parents s'accordèrent un temps de

réflexion et reprirent, en regardant les petites avec des sourires cruels :

– Non, pas de pain sec. Mais demain, s'il ne pleut pas… demain… ha ! ha ! ha ! demain, vous irez voir la tante Mélina !

Delphine et Marinette étaient devenues très pâles et joignaient les mains avec des yeux suppliants.

– Pas de prière qui tienne ! S'il ne pleut pas, vous irez chez la tante Mélina lui porter un pot de confiture.

La tante Mélina était une très vieille et très méchante femme, qui avait une bouche sans dents et un menton plein de barbe. Quand les petites allaient la voir dans son village, elle ne se lassait pas de les embrasser, ce qui n'était déjà pas très agréable, à cause de la barbe, et elle en profitait pour les pincer et leur tirer les cheveux. Son plaisir était de les obliger à manger d'un pain et d'un fromage qu'elle avait mis à moisir en prévision de leur visite. En outre, la tante Mélina trouvait que ses deux petites nièces lui ressemblaient beaucoup et affirmait qu'avant la fin de l'année elles seraient devenues ses fidèles portraits, ce qui était effrayant à penser.

– Pauvres enfants, soupira le chat. Pour un vieux plat déjà ébréché, c'est être bien sévère.

– De quoi te mêles-tu ? Mais, puisque tu les défends, c'est peut-être que tu les as aidées à casser le plat ?

– Oh ! non, dirent les petites. Alphonse n'a pas quitté la fenêtre.

– Silence ! Ah ! vous êtes bien tous les mêmes. Vous vous soutenez tous. Il n'y en a pas un pour racheter l'autre. Un chat qui passe ses journées à dormir…

– Puisque vous le prenez sur ce ton-là, dit le chat, j'aime mieux m'en aller. Marinette, ouvre-moi la fenêtre.

Marinette ouvrit la fenêtre et le chat sauta dans la cour. La pluie venait juste de cesser et un vent léger balayait les nuages.

– Le ciel est en train de se ressuyer, firent observer les parents avec bonne humeur. Demain, vous aurez un temps superbe pour aller chez la tante Mélina. C'est une chance. Allons, assez pleuré ! Ce n'est pas ça qui raccommodera le plat. Tenez, allez plutôt chercher du bois dans la remise.

Dans la remise, les petites retrouvèrent le

chat installé sur la pile de bois. A travers ses larmes, Delphine le regardait faire sa toilette.

– Alphonse, lui dit-elle avec un sourire joyeux qui étonna sa sœur.

– Je ne demande pas mieux, mais tout ce que je peux dire aux parents n'empêchera rien, malheureusement.

– Justement, tu n'aurais pas besoin des parents. Tu sais ce qu'ils ont dit ? Qu'on irait chez la tante Mélina s'il ne pleuvait pas.

– Alors ?

– Eh bien ! tu n'aurais qu'à passer ta patte derrière ton oreille. Il pleuvrait demain et on n'irait pas chez la tante Mélina.

– Tiens, c'est vrai, dit le chat, je n'y aurais pas pensé. Ma foi, c'est une bonne idée.

Il se mit aussitôt à passer la patte derrière son oreille. Il la passa plus de cinquante fois.

– Cette nuit, vous pourrez dormir tranquillement. Il pleuvra demain à ne pas mettre un chien dehors.

Pendant le dîner, les parents parlèrent beaucoup de la tante Mélina. Ils avaient déjà préparé le pot de confiture qu'ils lui destinaient.

Les petites avaient du mal à garder leur sérieux et, plusieurs fois, en rencontrant le regard de sa sœur, Marinette fit semblant de s'étrangler pour dissimuler qu'elle riait. Quand vint le moment d'aller se coucher, les parents mirent le nez à la fenêtre.

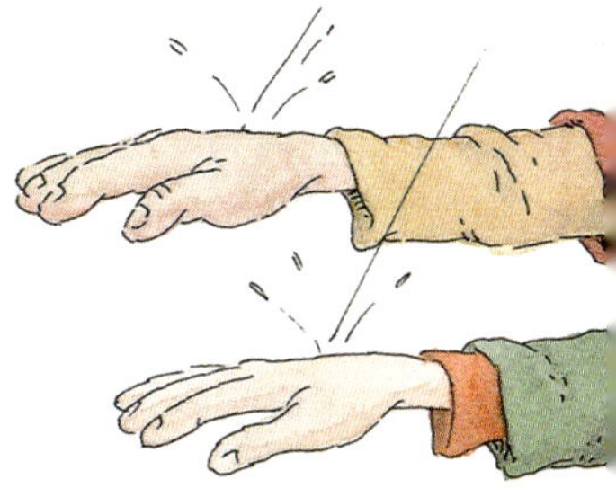

– Pour une belle nuit, dirent-ils, c'est une belle nuit. On n'a peut-être jamais tant vu d'étoiles au ciel. Demain, il fera bon d'aller sur les routes.

Mais le lendemain, le temps était gris et, de bonne heure, la pluie se mit à tomber. « Ce n'est rien, disaient les parents, ça ne peut pas durer. » Et ils firent mettre aux petites leur robe du dimanche et un ruban rose dans les cheveux. Mais il plut toute la matinée et l'après-midi jusqu'à la tombée du soir. Il avait bien fallu ôter les robes du dimanche et les rubans roses. Pourtant, les parents restaient de bonne humeur.

– Ce n'est que partie remise. La tante Mélina, vous irez la voir demain. Le temps commence à s'éclaircir. En plein mois de mai, ce serait quand même bien étonnant s'il pleuvait trois jours d'affilée.

Ce soir-là, en faisant sa toilette, le chat passa encore la patte derrière son oreille et

le lendemain fut jour de pluie. Pas plus que la veille, il ne pouvait être question d'envoyer les petites chez la tante Mélina. Les parents commençaient à être de mauvaise humeur. A l'ennui de voir la punition retardée par le mauvais temps s'ajoutait celui de ne pas pouvoir travailler aux champs. Pour un rien, ils s'emportaient contre leurs filles et criaient qu'elles n'étaient bonnes qu'à casser des plats. « Une visite à la tante Mélina vous fera du bien, ajoutaient-ils. Au premier jour de beau temps, vous y filerez depuis le grand matin. » Dans un moment où leur colère tournait à l'exaspération, ils tombèrent sur le chat, l'un à coups de balai, l'autre à coups de sabot, en le traitant d'inutile et de fainéant.

– Oh ! oh ! dit le chat, vous êtes plus méchants que je ne pensais. Vous m'avez battu sans raison, mais, parole de chat, vous vous repentirez.

Sans cet incident, provoqué par les

parents, le chat se fût bientôt lassé de faire pleuvoir, car il aimait à grimper aux arbres, à courir par les champs et par les bois, et il trouvait excessif de se condamner à ne plus sortir pour éviter à ses amies l'ennui d'une visite à la tante Mélina. Mais il gardait des coups de sabot et des coups de balai un souvenir si vif que les petites n'eurent plus besoin de le prier pour qu'il passât sa patte derrière son oreille. Il en faisait désormais une affaire personnelle. Pendant huit jours d'affilée, il plut sans arrêt, du matin au soir. Les parents, obligés de rester à la maison et voyant déjà leurs récoltes pourrir sur pied, ne décoléraient plus. Ils avaient oublié le plat de faïence et la visite à la tante Mélina, mais, peu à peu, ils se mirent à regarder le chat de

travers. A chaque instant, ils tenaient à voix basse de longs conciliabules dont personne ne put deviner le secret.

Un matin, de bonne heure, on était au huitième jour de pluie, et les parents se préparaient à aller à la gare, malgré le mauvais temps, expédier des sacs de pommes de terre à la ville. En se levant, Delphine et Marinette les trouvèrent dans la cuisine occupés à coudre un sac. Sur la table, il y avait une grosse pierre qui pesait au moins trois livres. Aux questions que firent les petites, ils répondirent, avec un air un peu embarrassé, qu'il s'agissait d'un envoi à joindre aux sacs de pommes de terre. Là-dessus, le chat fit son entrée dans la cuisine et salua tout le monde poliment.

– Alphonse, lui dirent les parents, tu as un bon bol de lait frais qui t'attend près du fourneau.

– Je vous remercie, parents, vous êtes bien aimables, dit le chat, un peu surpris de ces bons procédés auxquels il n'était pas habitué.

Pendant qu'il buvait son bol de lait frais, les parents le saisirent chacun par deux pattes, le firent entrer dans le sac la tête la première et, après y avoir introduit la grosse pierre de trois livres, fermèrent l'ouverture avec une forte ficelle.

– Qu'est-ce qui vous prend ? criait le chat en se débattant à l'intérieur du sac. Vous perdez la tête, parents !

– Il nous prend, dirent les parents, qu'on ne veut plus d'un chat qui passe sa patte derrière son oreille tous les soirs. Assez de pluie comme ça. Puisque tu aimes tant l'eau, mon garçon, tu vas en avoir tout ton saoul. Dans cinq minutes, tu feras ta toilette au fond de la rivière.

Delphine et Marinette se mirent à crier qu'elles ne laisseraient pas jeter Alphonse à la rivière. Les parents criaient que rien ne saurait les empêcher de noyer une sale bête qui faisait pleuvoir. Alphonse miaulait et se démenait dans sa prison comme un furieux. Marinette l'embrassait à travers la toile du sac et Delphine suppliait à genoux qu'on laissât la vie à leur chat. « Non, non ! répondaient les parents avec des voix d'ogres, pas de pitié pour les mauvais chats ! » Soudain, ils s'avisèrent qu'il était presque huit heures et qu'ils allaient arriver en retard à la gare. En hâte, ils agrafèrent leurs pèlerines, relevèrent leurs capuchons et dirent aux petites avant de quitter la cuisine :

– On n'a plus le temps d'aller à la rivière maintenant. Ce sera pour midi, à notre retour. D'ici là, ne vous avisez pas d'ouvrir le sac. Si jamais Alphonse n'était pas là à midi, vous partiriez aussitôt chez la tante Mélina pour six mois et peut-être pour la vie.

Les parents ne furent pas plus tôt sur la route que Delphine et Marinette dénouèrent la ficelle du sac.

Le chat passa la tête par l'ouverture et leur dit :

– Petites, j'ai toujours pensé que vous aviez des cœurs d'or. Mais je serais un bien triste chat si j'acceptais, pour me sauver, de vous voir passer six mois et peut-être plus chez la tante Mélina. A ce prix-là, j'aime cent fois mieux être jeté à la rivière.

– La tante Mélina n'est pas si méchante qu'on le dit et six mois seront vite passés.

Mais le chat ne voulut rien entendre et, pour bien marquer que sa résolution était prise, il rentra sa tête dans le sac. Pendant que Delphine essayait encore de le persuader, Marinette sortit dans la cour et alla demander conseil au canard qui barbotait sous la pluie, au milieu d'une flaque d'eau. C'était un canard avisé et qui avait beaucoup de sérieux. Pour mieux réfléchir, il cacha sa tête sous son aile.

– J'ai beau me creuser la cervelle, dit-il enfin, je ne vois pas le moyen de décider Alphonse à sortir de son sac.

Je le connais, il est entêté. Si on le fait sortir de force, rien ne pourra l'empêcher de se présenter aux parents à leur retour. Sans compter que je lui donne entièrement raison. Pour ma part, je ne vivrais pas en paix avec ma conscience si vous étiez obligées, par ma faute, d'obéir à la tante Mélina.

– Et nous, alors ? Si Alphonse est noyé, est-ce que notre conscience ne nous fera pas de reproches ?

– Bien sûr, dit le canard, bien sûr. Il faudrait trouver quelque chose qui arrange tout. Mais j'ai beau chercher, je ne vois vraiment rien.

Marinette eut l'idée de consulter les bêtes de la ferme et, pour ne pas perdre de temps, elle décida de faire entrer tout ce monde dans la cuisine. Le cheval, le chien, les bœufs, les vaches, le cochon, les volailles vinrent s'asseoir chacun à la place que lui désignaient les petites. Le chat, qui se trouvait au milieu du cercle ainsi formé, consentit à sortir la tête du sac, et le canard, qui se tenait auprès de lui, prit la parole pour mettre les bêtes au courant de la situation. Quand il eut fini, chacun se mit à réfléchir en silence.

– Quelqu'un a-t-il une idée ? demanda le canard.

– Moi, répondit le cochon. Voilà. A midi, quand les parents rentreront, je leur parlerai. Je leur ferai honte d'avoir eu d'aussi mauvaises pensées. Je leur expliquerai que la vie des bêtes est sacrée et qu'ils commettraient un crime affreux en jetant Alphonse à la rivière. Ils me comprendront sûrement.

Le canard hocha la tête avec sympathie, mais n'eut pas l'air convaincu. Dans l'esprit des parents, le cochon était promis au saloir et ses raisons ne pouvaient pas être d'un grand poids.

– Quelqu'un d'autre a-t-il une idée ?

– Moi, dit le chien. Vous n'aurez qu'à me laisser faire. Quand les parents emporteront

le sac, je leur mordrai les mollets jusqu'à ce qu'ils aient délivré le chat.

L'idée parut bonne, mais Delphine et Marinette, quoiqu'un peu tentées, ne voulaient pas laisser mordre les mollets de leurs parents.

– D'ailleurs, fit observer une vache, le chien est trop obéissant pour oser s'en prendre aux parents.

– C'est vrai, soupira le chien, je suis trop obéissant.

– Il y aurait une chose bien plus simple, dit un bœuf blanc. Alphonse n'a qu'à sortir du sac et on mettra une bûche de bois à sa place.

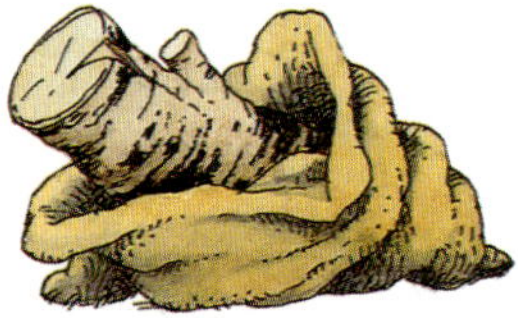

Les paroles du bœuf furent accueillies par une rumeur d'admiration, mais le chat secoua la tête.

– Impossible. Les parents s'apercevront que dans le sac rien ne bouge, rien ne parle ni ne respire et ils auront tôt fait de découvrir la vérité.

Il fallut convenir qu'Alphonse avait raison. Les bêtes en furent un peu découragées. Dans le silence qui suivit, le cheval prit la parole. C'était un vieux cheval pelé, tremblant sur ses jambes, et que les parents n'utilisaient plus. Il était question de le vendre pour la boucherie chevaline.

– Je n'ai plus longtemps à vivre, dit-il. Tant qu'à finir mes jours, il vaut mieux que ce soit pour quelque chose d'utile. Alphonse est jeune. Alphonse a encore un bel avenir de chat. Il est donc bien naturel que je prenne sa place dans le sac.

Tout le monde se montra très touché de la

proposition du cheval. Alphonse était si ému qu'il sortit du sac et alla se frotter à ses jambes en faisant le gros dos.

– Tu es le meilleur des amis et la plus généreuse des bêtes, dit-il au vieux cheval. Si j'ai la chance de n'être pas noyé aujourd'hui, je n'oublierai jamais le sacrifice que tu as voulu faire pour moi et c'est du fond du cœur que je te remercie.

Delphine et Marinette se mirent à renifler et le cochon qui, lui aussi, avait une très belle âme éclata en sanglots. Le chat s'essuya les yeux avec sa patte et poursuivit :

– Malheureusement, ce que tu me proposes là est impossible, et je le regrette, car j'étais prêt à accepter une offre qui m'est faite de si bonne amitié. Mais je tiens juste dans le sac et il ne peut être question pour toi de prendre ma place. Ta tête n'entrerait même pas tout entière.

Il devint aussitôt évident pour les petites et pour toutes les bêtes que la substitution était impossible. A côté d'Alphonse le vieux cheval faisait figure de géant. Un coq, qui avait peu de manières, trouva le rapprochement comique et se permit d'en rire bruyamment.

– Silence ! lui dit le canard. Nous n'avons pas le cœur à rire et je croyais que vous l'aviez compris. Mais vous n'êtes qu'un galopin. Faites-nous donc le plaisir de prendre la porte.

– Dites donc, vous, répliqua le coq, mêlez-vous de vos affaires ! Est-ce que je vous demande l'heure qu'il est ?

– Mon Dieu, qu'il est donc vulgaire, murmura le cochon.

– A la porte ! se mirent à crier toutes les bêtes. A la porte, le coq ! A la porte, le vulgaire ! A la porte !

Le coq, la crête très rouge, traversa la cuisine sous les huées et sortit en jurant qu'il se vengerait. Comme la pluie tombait, il alla se réfugier dans la remise. Au bout de quelques minutes, Marinette y vint à son tour et, avec beaucoup de soin, choisit une bûche dans la pile de bois.

– Je pourrais peut-être t'aider à trouver ce que tu cherches, proposa le coq d'une voix aimable.

– Oh ! Non. Je cherche une bûche qui ait une forme… enfin, une forme.

– Une forme de chat, quoi. Mais comme le disait Alphonse, les parents verront bien que la bûche ne bouge pas.

– Justement non, répondit Marinette. Le canard a eu l'idée de…

Ayant entendu dire à la cuisine qu'il fallait se méfier du coq et craignant d'avoir eu déjà la langue trop longue, Marinette en resta là et quitta la remise avec la bûche qu'elle venait de choisir. Il la vit courir sous la pluie et entrer dans la cuisine. Peu après, Delphine sortit avec le chat et, lui ayant ouvert la porte de la grange, l'attendit sur le seuil. Le coq ouvrait des yeux ronds et essayait en vain de

comprendre ce qui se passait. De temps en temps, Delphine s'approchait de la fenêtre de la cuisine et demandait l'heure d'une voix anxieuse.

– Midi moins vingt, répondit Marinette la première fois. Midi moins dix… Midi moins cinq…

Le chat ne reparaissait pas.

A l'exception du canard, toutes les bêtes avaient évacué la cuisine et gagné un abri.

– Quelle heure ?

– Midi. Tout est perdu. On dirait… Tu entends ? Le bruit d'une voiture. Voilà les parents qui rentrent.

– Tant pis, dit Delphine. Je vais enfermer Alphonse dans la grange. Après tout, on ne mourra pas d'aller passer six mois chez la tante Mélina.

Elle allongeait le bras pour fermer la porte, mais Alphonse apparut au seuil, tenant entre ses dents une souris vivante. La voiture des parents, qui conduisaient à toute bride, venait de surgir au bout de la route.

Le chat et Delphine à sa suite se précipitèrent à la cuisine. Marinette ouvrit la gueule du sac où elle avait déjà placé la bûche, enveloppée de chiffons pour lui donner plus de moelleux. Alphonse y laissa tomber la souris qu'il tenait par la peau du dos et le sac fut aussitôt refermé. La voiture des parents arrivait au bout du jardin.

– Souris, dit le canard en se penchant sur le sac, le chat a eu la bonté de te laisser la vie, mais c'est à une condition. M'entends-tu ?

– Oui, j'entends, répondit une toute petite voix.

– On ne te demande qu'une chose, c'est de marcher sur la bûche de bois qui est enfermée avec toi, de façon à faire croire qu'elle remue.

– C'est facile. Et après ?

– Après il va venir des gens qui emporteront le sac pour le jeter à l'eau.

– Oui, mais alors…

– Pas de mais. Au fond du sac, il y a un petit trou. Tu pourras l'agrandir si nécessaire et quand tu entendras aboyer un chien près de toi tu t'échapperas. Mais pas avant qu'il ait aboyé, sans quoi il te tuerait. C'est compris ? Surtout, quoi qu'il arrive, ne pousse pas un cri, ne prononce pas une parole.

La voiture des parents débouchait dans la cour. Marinette cacha Alphonse dans le coffre à bois et posa le sac sur le couvercle. Pendant que les parents dételaient, le canard quitta le cuisine et les petites se frottèrent les yeux pour les avoir rouges.

– Quel vilain temps il fait, dirent les parents en entrant. La pluie a traversé nos pèlerines. Quand on pense que c'est à cause de cet animal de chat !

– Si je n'étais pas enfermé dans un sac, dit le chat, j'aurais peut-être le cœur à vous plaindre.

Le chat, blotti dans le coffre à bois, se trouvait juste sous le sac d'où semblait sortir sa voix, à peine assourdie.

A l'intérieur de sa prison, la souris allait et venait sur la bûche et faisait bouger la toile du sac.

– Nous autres parents, nous ne sommes pas à plaindre. C'est bien plutôt toi qui te trouves en mauvaise posture. Mais tu ne l'as pas volé.

– Allons, parents, allons. Vous n'êtes pas aussi méchants que vous vous en donnez l'air. Laissez-moi sortir du sac et je consens à vous pardonner.

– Nous pardonnner ! Voilà qui est plus fort que tout. C'est peut-être nous qui faisons pleuvoir tous les jours depuis une semaine ?

– Oh ! non, dit le chat, vous en êtes bien incapables. Mais l'autre jour, c'est bien vous qui m'avez battu injustement. Montres ! Bourreaux ! Sans cœur !

– Ah ! la sale bête de chat ! s'écrièrent les parents. Le voilà qui nous insulte !

Ils étaient si en colère qu'ils se mirent à taper sur le sac avec un manche à balai.

La bûche emmaillotée recevait de grands coups, et tandis que la souris, effrayée, faisait des bonds à l'intérieur de sac, Alphonse poussait des hurlements de douleur.

– As-tu ton compte, cette fois ? Et diras-tu encore que nous n'avons pas de cœur ?

– Je ne vous parle plus, répliqua Alphonse. Vous pouvez dire ce qu'il vous plaira. Je n'ouvrirai plus la bouche à de méchantes gens comme vous.

– A ton aise, mon garçon. Du reste, il est temps d'en finir. Allons, en route pour la rivière.

Les parents se saisirent du sac et, malgré les cris que poussaient les petites, sortirent de la cuisine. Le chien, qui les attendait dans la cour, se mit à les suivre avec un air de consternation qui les gêna un peu. Comme ils passaient devant la remise, le coq les interpella :

– Alors, parents, vous allez noyer ce pauvre Alphonse ? Mais dites-moi, il doit être déjà mort. Il ne remue pas plus qu'une bûche de bois.

– C'est bien possible. Il a reçu une telle volée de coups de balai qu'il ne doit plus être bien vif.

Ce disant, les parents donnèrent un coup d'œil au sac qu'ils tenaient caché sous une pèlerine.

– Pourtant, ce n'est pas ce qui l'empêche de se donner du mouvement.

– C'est vrai, dit le coq, mais on ne l'entend pas plus que si vous aviez dans votre sac une bûche au lieu d'un chat.

– En effet, il vient de nous dire qu'il n'ouvrirait plus la bouche, même pour nous répondre.

Cette fois, le coq n'osa plus douter de la présence du chat et lui souhaita bon voyage.

Cependant, Alphonse était sorti de son coffre à bois et dansait une ronde avec les

petites au milieu de la cuisine. Le canard, qui assistait à leurs ébats, ne voulait pas troubler leur joie, mais il restait soucieux à la pensée que les parents s'étaient peut-être aperçus de la substitution.

– Maintenant, dit-il, quand la sarabande se fut arrêtée, il faut songer à être prudent. Il ne s'agit pas qu'à leur retour les parents trouvent le chat dans la cuisine. Alphonse, il est temps d'aller t'installer au grenier, et souviens-toi de n'en jamais descendre dans la journée.

Tous les soirs, dit Delphine, tu trouveras sous la remise de quoi manger et un bol de lait.

– Et dans la journée, promit Marinette, on montera au grenier pour te dire bonjour.

– Et moi, j'irai vous voir dans votre chambre. Le soir, en vous couchant, vous n'aurez qu'à laisser la fenêtre entrebâillée.

Les petites et le canard accompagnèrent le chat jusqu'à la porte de la grange. Ils y arrivèrent en même temps que la souris qui regagnait son grenier après s'être échappée du sac.

– Alors ? dit le canard.

– Je suis trempée, dit la souris. Ce retour sous la pluie n'en finissait plus. Et figurez-vous que j'ai bien failli être noyée. Le chien n'a aboyé qu'à la dernière seconde, quand les parents étaient déjà au bord de la rivière. Il s'en est fallu de rien qu'ils me jettent dans l'eau avec le sac.

– Enfin, tout s'est bien passé, dit le canard. Mais ne vous attardez pas et filez au grenier.

A leur retour, les parents trouvèrent les petites qui mettaient la table en chantant, et ils en furent choqués.

– Vraiment, la mort de ce pauvre Alphonse n'a pas l'air de vous chagriner beaucoup. Ce n'était pas la peine de crier si fort quand il est parti. Il méritait pourtant d'avoir des amis plus fidèles. Au fond, c'était une excellente bête et qui va bien nous manquer.

– On a beaucoup de peine, affirma Marinette, mais puisqu'il est mort, ma foi, il est mort. On n'y peut plus rien.

– Après tout, il a bien mérité ce qui lui est arrivé, ajouta Delphine.

– Voilà des façons de parler qui ne nous plaisent pas, grondèrent les parents. Vous êtes des enfants sans cœur. On a bien envie, ah ! oui, bien envie de vous envoyer faire un tour chez la tante Mélina.

Sur ces mots, on se mit à table, mais les parents étaient si tristes qu'ils ne pouvaient presque pas manger, et ils disaient aux

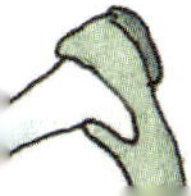

petites qui, elles, mangeaient comme quatre :

– Ce n'est pas le chagrin qui vous coupe l'appétit. Si ce pauvre Alphonse pouvait nous voir, il comprendrait où étaient ses vrais amis.

A la fin du repas, ils ne purent retenir des larmes et se mirent à sangloter dans leurs mouchoirs.

– Voyons, parents, disaient les petites, voyons, un peu de courage. Il ne faut pas se laisser aller. Cc n'est pas de pleurer qui va ressusciter Alphonse. Bien sûr, vous l'avez mis dans un sac, assommé à coups de bâton et jeté à la rivière, mais pensez que c'était pour notre bien à tous, pour rendre le soleil à nos récoltes. Soyez raisonnables. Tout à l'heure, en partant pour la rivière, vous étiez si courageux, si gais !

Tout le reste de la journée, les parents furent tristes, mais, le lendemain matin, le ciel était clair, la campagne ensoleillée, et ils ne pensaient plus guère à leur chat. Les jours suivants, ils y pensèrent encore bien moins. Le soleil était de plus en plus chaud et la besogne des champs ne leur laissait pas le temps d'un regret.

Pour les petites, elles n'avaient pas besoin de penser à Alphonse. Il ne les quittait presque pas. Profitant de l'absence des parents, il était dans la cour du matin au soir et ne se cachait qu'aux heures des repas.

La nuit, il les rejoignait dans leur chambre.

Un soir qu'ils rentraient à la ferme, le coq vint à la rencontre des parents et leur dit :

– Je ne sais pas si c'est une idée, mais il me semble avoir aperçu Alphonse dans la cour.

– Ce coq est idiot, grommelèrent les parents et ils passèrent leur chemin.

Mais le lendemain, le coq vint encore à leur rencontre :

– Si Alphonse n'était pas au fond de la rivière, dit-il, je jurerais bien l'avoir vu cet après-midi jouer avec les petites.

– Il est de plus en plus idiot, avec ce pauvre Alphonse.

Ce disant, les parents considéraient le coq

avec beaucoup d'attention. Ils se mirent à parler tout bas sans le quitter des yeux.

– Ce coq est une pauvre cervelle, disaient-ils, mais il a joliment bonne mine. On le voyait pourtant tous les jours et on ne s'en apercevait pas. Le fait est qu'il est à point et qu'on ne gagnerait rien à le nourrir plus longtemps.

Le lendemain, de bon matin, le coq fut saigné au moment où il se préparait à parler d'Alphonse. On le fit cuire à la cocotte et tout le monde fut très content de lui.

Il y avait quinze jours qu'Alphonse passait pour mort et le temps était toujours aussi beau. Pas une goutte de pluie n'était encore tombée. Les parents disaient que c'était une chance et ajoutaient avec un commencement d'inquiétude :

– Il ne faudrait tout de même pas que ça dure trop longtemps. Ce serait la sécheresse. Une bonne pluie arrangerait bien les choses.

Au bout de vingt-trois jours, il n'avait toujours pas plu. La terre était si sèche que rien ne poussait plus. Les blés, les avoines, les seigles ne grandissaient pas et commençaient à jaunir. « Encore une semaine de ce temps-là, disaient les parents, et tout sera grillé. » Ils se désolaient, regrettant tout haut la mort d'Alphonse et accusant les petites d'en être la cause. « Si vous n'aviez pas cassé le plat de faïence, il n'y aurait jamais eu d'histoires avec le chat et il serait encore là pour nous donner de la pluie. »

Le soir, après dîner, ils allaient s'asseoir dans la cour et, regardant le ciel sans nuage, ils se tordaient les mains de désespoir en criant le nom de Alphonse.

Un matin, les parents vinrent dans la chambre des petites pour les réveiller. Le chat, qui avait passé une partie de la nuit à bavarder avec elles, était resté endormi sur le lit de Marinette. En entendant ouvrir la porte, il n'eut que le temps de se glisser sous la courtepointe.

– Il est l'heure, dirent les parents, réveillez-vous. Le soleil est déjà chaud et ce n'est pas encore aujourd'hui qu'il pleuvra… Ah ! ça mais…

Ils s'étaient interrompus et, le cou tendu, les yeux ronds, regardaient le lit de Marinette. Alphonse, qui se croyait bien caché, n'avait pas pensé que sa queue passait hors de la courtepointe. Delphine et Marinette, encore ensommeillées, s'enfonçaient jusqu'aux cheveux sous les couvertures. S'avançant à pas de loup, les parents, de

leurs quatre mains, empoignèrent la queue du chat qui se trouva soudain suspendu.

– Ah ! ça, mais c'est Alphonse !

– Oui, c'est moi, mais lâchez-moi, vous me faites mal. On vous expliquera.

Les parents posèrent le chat sur le lit. Delphine et Marinette furent bien obligées d'avouer ce qui s'était passé le jour de la noyade.

– C'était pour votre bien, affirma Delphine, pour vous éviter de faire mourir un pauvre chat qui ne le méritait pas.

– Vous nous avez désobéi, grondèrent les parents. Ce qui est promis est promis. Vous allez filer chez la tante Mélina.

– Ah ! c'est comme ça ? s'écria le chat en sautant sur le rebord de la fenêtre. Eh bien ! moi aussi, je vais chez la tante Mélina, et je pars le premier.

Comprenant qu'ils venaient d'être maladroits, les parents prièrent Alphonse de vouloir bien rester à la ferme, car il y allait de l'avenir des récoltes. Mais le chat ne voulait plus rien entendre. Enfin, après s'être laissé longtemps supplier et avoir reçu la promesse que les petites ne quitteraient pas la ferme, il consentit à rester.

Le soir de ce même jour – le plus chaud qu'on eût jamais vu – Delphine, Marinette, les parents et toutes les bêtes

de la ferme formèrent un grand cercle dans la cour. Au milieu du cercle, Alphonse était assis sur un tabouret. Sans se presser, il fit d'abord sa toilette et, le moment venu, passa plus de cinquante fois sa patte derrière l'oreille. Le lendemain matin, après vingt-cinq jours de sécheresse, il tombait une bonne pluie, rafraîchissant bêtes et gens. Dans le jardin, dans les champs et dans les prés, tout se mit à pousser et à reverdir. La semaine suivante, il y eut encore un heureux événement. Ayant eu l'idée de raser sa barbe, la tante Mélina avait trouvé sans peine à se marier et s'en allait habiter avec son nouvel époux à mille kilomètres de chez les petites.

Né à Joigny dans l'Yonne, en 1902, **Marcel Aymé** a passé sa jeunesse à Villers-Robert, région de forêts, d'étangs et de prés. En 1925, il vient à Paris, où il exerce divers métiers : journaliste, manœuvre, camelot, figurant de cinéma – avant de publier son premier roman : *Brûlebois*. Son œuvre, qui, comprend plus de trente romans, des pièces de théâtre, de nombreux contes et nouvelles, est un regard sur le monde dans lequel le merveilleux se mêle au quotidien. Marcel Aymé est mort en 1967.

Roland Sabatier a dessiné Delphine, Marinette, et tout l'univers de Marcel Aymé. **Claudine**, sa femme, en a réalisé les couleurs. Roland a étudié l'architecture à Paris. Il a publié ses premiers dessins en 1969 et a illustré de nombreux livres pour la jeunesse. Claudine a été professeur de dessin et elle a collaboré à des ouvrages scolaires. Tous les deux ont une passion : les champignons.